Pascal Quignard

La frontière

Gallimard

Les éditeurs adressent leurs remerciements à la
FUNDAÇÃO DAS CASAS DE FRONTEIRA
E ALORNA

Pascal Quignard est né en 1948 à Verneuil, dans l'Eure (France).

Il vit à Paris. Il est l'auteur de cinq romans dont *Tous les matins du monde*.

L'édition originale de *La frontière* de Pascal Quignard, publiée par Maria da Piedade Fereira et Rogério Petinga aux Éditions Quetzal, dans une traduction portugaise de Pedro Tamen, est parue à Lisbonne au cours d'une grande fête donnée au Palais par la marquise et le marquis de Fronteira, Mafalda et Fernando de Mascarenhas, le 19 mai 1992.

L'édition française a été publiée en juin 1992 par Anne Lima et Michel Chandeigne aux Éditions Chandeigne-Librairie Portugaise (10, rue Tournefort, 75005 Paris), avec cent photographies d'azulejos du Palais Fronteira, réalisées par Nicolas Sapieha et Paulo Cintra, et un commentaire historique de José Meco.

CHAPITRE PREMIER

En 1979, j'ai écrit que j'espérais être lu en 1640. 1640 fut l'année où le destin du Portugal se joua. Une conspiration de nobles mit bas la domination espagnole et restaura la monarchie sur le trône dans la personne du duc de Bragance. Non seulement le duc devint roi mais il remit définitivement la nation dans sa terre. Le duc de Bragance comptait parmi ses proches Francisco de Mascarenhas, aux alliances et à la fortune duquel il dut la part principale de son succès. Ce fut la première action qui disloqua, avec le concours des Français, la tyrannie infecte de Séville. Parmi les officiers qui étaient venus de France, Monsieur de Jaume, qui était veuf, devint l'ami des Mascarenhas et les servait bien.

Monsieur de Jaume appartenait à une petite famille de Guyenne ; il était jeune ; il était sans beauté. Il était plus ardent que courageux, plein de forfanterie et pour cette raison très apprécié des soldats. Régulièrement il allait toréer dans les arènes que le roi Sébastien avait fait construire à Xabregas. Il aimait aussi saisir les taureaux à la force des bras. Il avait de quoi mener bon train, sans qu'il fût riche ; il était passionné de jeux, de rixes, mais aussi de musique, s'adonnant à la débauche la nuit, se plaisant aux beuveries et aux masques le jour. Il était allié de tous ceux qui se montraient entreprenants dans les champs qui environnaient Lisbonne ou sur le port, où étaient regroupées les filles. Marins et vachers étaient ses amis. À l'aide de plumes de corneilles enduites de glu, ils extrayaient les pièces de monnaie dans les troncs des chapelles ou les soustrayaient aux chapeaux des mendiants. Il avait toujours à sa ceinture un sac rempli de boulettes empoisonnées pour les esclaves et pour les Juifs. Sa réputation n'était pas bonne parce qu'on le soupçonnait d'avoir forcé des citoyennes de Lisbonne mais son caractère intrépide ou son arrogance se lisait sur son visage et charmait, en dépit des violences ou de l'avidité qu'on pouvait y lire avec autant de facilité.

Outre dom Francisco et dom António de Mascarenhas, il était l'ami de Monsieur d'Alcobaça. Ce dernier avait une petite fille de deux ans à peine, avec laquelle Monsieur de Jaume jouait volontiers avec une balle de chiffon. Il disait en riant qu'il en ferait sa petite femme un jour. Elle s'appelait Luisa d'Alcobaça. Au matin du 1er décembre 1640, ce fut en compagnie de Monsieur d'Alcobaça qu'il rejoignit les conjurés. Les hommes qui animaient véritablement le complot qui restaura l'intégrité du royaume n'avaient pas nom Jean de Bragance, ni Louise de Guzman, ni le duc de Richelieu. C'étaient João Pinto Ribeiro, António de Mascarenhas, Francisco de Melo, Pedro de Mendonça. Ce sont eux qui assaillirent le palais du gouvernement et désarmèrent la garde allemande. Puis ils désarmèrent la garde castillane ; ils se saisirent de la duchesse de Mantoue; ils tuèrent Miguel de Vasconcelos. La duchesse fut menée et gardée dans le monastère de Xabregas. La forteresse de Setubal se rendit après un bref siège.

Madère, Tanger, le Brésil, Goa, les Indes reconnurent la nouvelle dynastie. Sur le front catalan, les troupes et les officiers portugais désertèrent, gagnèrent la France, parvinrent à La Rochelle et embarquèrent sur-le-champ pour retrouver les odeurs et la lumière de leur pays. À leur arrivée, le père jésuite Inácio de Mascarenhas partit pour la Catalogne. En 1647, les Bragance organisèrent des corridas place du Rossio. Dom António de Mascarenhas, dom Diogo de Almeida, dom Francisco de Mascarenhas, dom Luís Saldanha de Albuquerque descendirent dans l'arène carrée et ils toréèrent au contentement de tous. La petite Luisa d'Alcobaça avait alors huit ans et se tenait auprès du roi Jean dans la tribune. Elle portait un châle jaune. C'est aussi ce jour que le tout jeune dom João de Mascarenhas dit qu'il allait bâtir une demeure qui en surprendrait plus d'un. Jadis dom Pedro de Mascarenhas avait été vice-roi des Indes. Monsieur de Jaume, ce jour-là aussi, descendit dans l'arène et il agenouilla deux taureaux.

En 1659, Mademoiselle d'Alcobaça comptait parmi les plus belles jeunes filles de Lisbonne. Elle avait été élevée chez les sœurs du couvent de Braga. À certains égards, c'était encore une enfant. Elle avait la maussaderie des enfants qui sont gâtées. C'étaient soit des moues et des yeux qui roulent, soit des rires qui n'en finissent pas quoiqu'ils soient complètement dénués de motif. Elle était tout le jour, quand elle ne chantait pas, penchée au-dessus d'un petit miroir bombé que lui avait offert Monsieur de Jaume, qui venait de Venise, avec une bordure de bois doré, des frontons garnis d'anges musiciens, avec des moulures guillochées. C'était un très beau présent. La valve était en étain et représentait Judith toute ronde en train de trancher le cou d'Holopherne endormi. Luisa d'Alcobaça aimaït beaucoup la musique, qu'elle apprenait avec un vieux trompette qui était venu de France, encore qu'il fût lorrain, et qui s'appelait Grezette. Il lui montrait le clavecin. Au reste, Monsieur Grezette buvait et il aimait pêcher. Il vieillissait ainsi, entre les cours qu'il donnait à quelques seigneurs et le plaisir de la pêche au filet dans le Tage. Puis il restait au soleil et il buvait.

C'était un excellent maître de musique. Monsieur Grezette avait l'habitude, quand il était pris de vin, de fouetter ses élèves, de quelque âge qu'ils fussent, quand il n'obtenait pas d'eux les résultats qu'il escomptait. Monsieur d'Alcobaça et Monsieur de Jaume se plaisaient à voir Luisa fouettée par le vieux Grezette et riaient.

Mademoiselle d'Alcobaça avait eu aussi un compagnon de jeu pour lequel elle s'était prise d'affection, qui s'appelait Afonso, et qui était le fils de l'intendant de la maison de Colares. Afonso, quand Luisa avait eu treize ans, au cours d'une tourada, avait eu les glandes des génitoires écrasées, le taureau ayant piétiné avec sauvagerie son ventre. Cette fois, il avait eu de la chance. Un porteur de mousquet avait été tué sur le coup. C'était un taureau très brave ; il portait le nom de Iesu ; ce jour-là, il était plein d'une inexplicable fureur et il avait fallu l'abattre. Luisa d'Alcobaça s'était précipitée, était allée jusqu'à une charrette qui se trouvait là et dans laquelle on avait déposé le corps d'Afonso encore hurlant. Au-dessus de la charrette, la chaleur était si forte qu'on avait placé un toit de joncs. Mademoiselle d'Alcobaça avait étreint contre son sein son ami tandis que le barbier incisait le sac d'une des génitoires et ôtait la glande écrasée. Elle avait été impressionnée par cette vision et avait coutume de plaindre les hommes de la conformation dont la nature les avait dotés, qui non seulement était disgracieuse, mais encore qui les protégeait aussi peu. Puis le barbier avait recousu les sacs à vif. Afonso ne criait pas. Elle disait que de sa vie on ne lui avait jamais serré la main aussi fort. Afonso mourut en 1658 de la peste qui sévissait à Antalya, près d'Istamboul, où il se trouvait en qualité d'officier de marine.

CHAPITRE II

Quand Mademoiselle d'Alcobaça devint tout à fait belle, elle fut courtisée par les seigneurs lisboètes les plus valeureux. Monsieur de Jaume se mit dans la tête de chercher querelle à tous ceux qui prétendaient lui plaire, parce qu'il l'avait connue enfant. Il faisait écrire à son père des lettres pressantes, parfois menaçantes, non pas pour qu'il la lui donnât, mais afin qu'elle ne fût accordée à personne. Il inspirait, avec le concours de ses hommes, les mésententes et préméditait la ruine de ses principaux rivaux. Bref, il faisait le vide autour de lui sans qu'il lui fût venu à l'idée de songer à séduire celle qu'il voulait prendre pour femme, en sorte que, quoique sa fortune personnelle et la position dans laquelle il se trouvait par rapport à dom João de Mascarenhas tendissent à lui concilier l'esprit de Monsieur d'Alcobaça, ses mœurs et sa nation suffirent à le faire repousser. Monsieur d'Alcobaça élut le fils de son plus ancien ami, bien que sa fortune fût plus médiocre. Monsieur d'Oeiras était apparenté au Padre António Vieira. Monsieur d'Oeiras le fils était un jeune homme de vingt-trois ans, brave, vigoureux, aux épaules vastes, très haut de taille, placide, dont Luisa d'Alcobaça s'éprit aussitôt. Monsieur de Jaume ne subit pas avec patience l'outrage du refus. Il dit que si Dieu était Dieu, celui qui l'aurait dans son lit ne la saillirait pas longtemps sans qu'il en conçût des aigreurs.

Il est vrai qu'on avait peur alors. Traînaient partout des ombres d'Espagnols. Le nouveau pouvoir n'était pas si assuré qu'on voulût déplaire tout à fait à l'ancien mais il était trop établi pour qu'on ne craignît d'être perdu si on ne s'y associait pas. Le blâme s'attachait à ceux qui ralliaient un camp; le ridicule à ceux qui hésitaient; la honte à ceux qui ne faisaient rien; la pitié aux malheurs que les événements avaient provoqués ; la reconnaissance allait vers ceux qui, se jetant au milieu de la mêlée, avaient arrêté l'irritation de la multitude qui se déversait dans les ruelles et qui avait prévenu les violences des grands qui s'étaient enfermés dans leurs domaines. Des émeutes grondaient pour s'éteindre presque aussitôt, comme une lampe où l'huile manque. Des agacements ou des chagrins de clientèles ou de familles se transformaient en batailles rangées pour la survie, devenue angoissante, des noms et des titres. Les mariages privés étaient contraints à la prudence. C'est ainsi que Monsieur d'Oeiras obtint la main de Luisa d'Alcobaça.

Un jour de juillet, le comte de Mascarenhas convia les siens à une fête dans la campagne qu'il faisait édifier loin de Lisbonne, dans les collines et les bois. Le lieu était sauvage. L'air mêlait les effluves entêtants du jasmin et du myrte au parfum de la lavande, à celui des orangers, et à ceux de l'héliotrope et des roses. Le comte avait conçu un jardin ouvert, qui surprenait les gens de la cour parce qu'il entourait la demeure, encore inachevée, et se donnait insensiblement à la campagne et aux bois. Comme on lui rapportait ces propos, Monsieur de Mascarenhas déclara qu'il s'asseyait de ses deux fesses sur ces remarques et qu'elles ne le piquaient pas. Il fit construire des galeries souterraines, des plans d'eau, des fontaines pour qu'elle jaillît, des réservoirs pour l'amasser et que, loin de les dissimuler, il mettait sous la vue de tous parce qu'il comptait les faire recouvrir de carreaux de faïence vernissés et de l'ombre de cavaliers bleus. On laissait dire sans comprendre, parce qu'on voyait mal le rêve qu'il s'efforçait de poursuivre. Il aménageait des parterres, faisait venir des limites de la terre les plantes les plus rares qu'il acclimatait et qu'il fondait à la forêt. Le comte disait qu'il voulait concentrer dans son jardin les océans, les terres émergées et les étoiles, et qu'une fois qu'il en serait venu à bout, il s'en tiendrait là.

Mademoiselle d'Alcobaça se trouvait mal à son aise quand elle entra dans les jardins.

Elle avait songé durant la journée à Afonso et cette pensée, quand elle la surprenait, laissait des traces dans son humeur. Il faisait beau et le ciel était complètement pur, si triste qu'elle fût. Monsieur de Jaume l'accueillit. Ils traversèrent deux grandes salles qui étaient couvertes de toiles peintes parce qu'elles étaient encore en chantier et pénétrèrent dans le jardin où le comte recevait. Le mur, les parterres, la pièce d'eau, le réservoir, les bancs de marbre, tout était orné d'une profusion déconcertante de figures, mais rien n'était achevé encore et c'était par fragments. Le comte avait l'air sombre, le regard fixé sur la pièce d'eau, assis dans un fauteuil aux pieds et aux bras d'or, recouvert de soie de Chine jaune. Il attendait le roi qui avait deux heures de retard sur l'horaire qu'il avait indiqué. Le comte commandant avait demandé à Monsieur de Jaume de lui présenter la future épouse de Monsieur d'Oeiras.

Il leva les yeux sur elle et fut ébloui. « Madame, lui dit-il, vous allez devenir l'épouse de Monsieur d'Oeiras, qui est de mes voisins, s'il n'est pas exactement de mes amis. Jaume vous conduit vers moi et, lui, est mon frère d'armes, c'est-à-dire plus qu'un frère, puisque ce lien n'est pas de nature mais d'élection. Sentez-vous ici comme deux fois ma sœur. » Puis, répondant à une des questions d'un des princes qui se trouvaient là, Monsieur de Mascarenhas expliqua les secrets de son jardin. Il aurait voulu dérober, disait-il, aux nuages et aux plantes, au vent, aux insectes leur pouvoir de métamorphose. Il aurait voulu dérober le trésor des continents et des confins pour rappeler la fortune que les Mascarenhas y avaient acquise, et pour témoigner du courage qu'ils avaient montré. Il aurait voulu dérober au soleil le mystère de l'océan, et à la lune celui des femmes et des rêves. « Mademoiselle, dit le comte en se tournant vers Luisa d'Alcobaça, si nous extrayions le morceau de vie qui piaffe au fond de chaque être vivant, nous sommes des fantômes en comparaison de ce morceau de vie. Nous sommes des ombres qui se frottent et se rencognent dans l'ombre de nos demeures et sous les draps qui couvrent nos lits, face à cette lumière qui transmigre de vivants en vivants. Mademoiselle, puisque vous voilà bientôt mariée, et mal mariée, je vous dirai que c'est cette lumière qui entoure toujours si étrangement les parties quand nous découvrons les linges qui les cachent. À dire vrai, ces parties sont les visages des âmes. Toutes choses sont si étranges et sont comme les oiseaux qui un jour volèrent. Ainsi vagabondent et s'attroupent les bêtes. Ainsi viennent et reviennent mâles et femelles. La vie est une transformation continuelle qui se presse dans une hâte que rien n'interrompt. Ainsi a-t-on vu des femelles d'hommes qui ouvraient leurs jambes pour donner jour à leur contraire sous forme de garçons. »

Tandis que le comte parlait, le roi Jean IV entra avec ses gens dans le jardin. Il vint jusqu'au bassin central et, arrivé là, le roi descendit de cheval. Il s'avança parmi les buis. Il s'arrêta devant le plan d'eau. Il regarda vite le réservoir qui n'était pas encore recouvert de ses azulèjes et il baissa les yeux. Des carpes dorées sautaient dans le bassin. Sa majesté dit que l'endroit présageait d'être merveilleux et commanda à dom João de Mascarenhas qu'il allât lui chercher un autre fauteuil pour qu'il y pût rêver.

Le comte lui dit que le fauteuil qui se trouvait là était le sien et qu'il s'y était assis par mégarde. Sa majesté portait sur son pourpoint rouge une ceinture d'or, qu'il défit pour mieux se donner à ses songes. Monsieur le comte plaça le baudrier sur le montant du fauteuil. On laissa le roi seul.

Les tables avaient été dressées dans la salle. Quand le roi eut quitté son rêve et qu'il se fut levé, la cour sortit du jardin et on dîna. Monsieur d'Oeiras arriva avec du retard et il s'en excusa auprès du roi. Il alla saluer Mademoiselle d'Alcobaça, on lui offrit de prendre la place qui se trouvait près d'elle, il accepta ; il murmurait dans l'oreille de Mademoiselle d'Alcobaça. Cette dernière, après avoir bu une eau mauvaise, se sentit mal et dut quitter soudainement la salle. Elle se pencha vers l'oreille de celui qu'elle allait épouser en l'assurant qu'elle allait revenir tout de suite.

Elle portait une grande robe bleue, de couleur pâle, au col montant. Il faisait si chaud que ses cheveux noirs étaient humides.

CHAPITRE III

Au cours du dîner, le roi se souvint de son épée, du moins sentit qu'elle manquait à son flanc et pria le comte d'aller la chercher sur le fauteuil devant le bassin aux carpes. Dom João de Mascarenhas se tourna vers Monsieur de Jaume, qui fit aussitôt diligence. Il se précipita vers la pièce d'eau, détacha le baudrier, revint avec la ceinture d'or et l'épée royale en longeant les buis, gravit les degrés qui mènent au labyrinthe des Indes. Le hasard voulut qu'il vit une jeune femme qui s'approchait en hâte, dans l'obscurité. Monsieur de Jaume se cacha aussitôt derrière un grand camélia.

La femme s'approcha des feuillages d'un laurier et s'accroupit soudain dans un grand bruit de jupes froissées. Elle tourna un visage anxieux vers la façade intérieure du palais et Monsieur de Jaume reconnut aussitôt que c'était Mademoiselle d'Alcobaça qui s'était accroupie.

Elle releva davantage ses jupes en poussant un soupir.

Le visage de Mademoiselle d'Alcobaça rayonnait. Les seins et le front rond étaient dorés. Les cheveux noirs se répandaient sur ses épaules et se relevaient ensuite vers le cercle de perles blanches qui les retenaient. Ses lèvres étaient deux taches de rouge et formaient elles-mêmes un arc de cercle tandis qu'elle poussait une part d'elle qui retombait sur la terre.

Monsieur de Jaume resta dans l'ombre du camélia alors que Mademoiselle d'Alcobaça se redressait et rajustait l'apparence de sa robe. Son esprit ne put plus se défaire de ce spectacle qu'il avait surpris. Il prit conscience que la petite enfant qu'il avait connue était devenue une femme, que ses fesses étaient très belles et robustes et qu'il la désirait.

Mademoiselle d'Alcobaça revint par la

cascade, où elle se nettoya le bout des doigts. La lune était pleine et brillante. Elle rejoignit la grande salle où les tables étaient mises. Comme elle avait toujours le ventre dérangé, elle marchait lentement.

Dans la cour, il y avait un banc de pierre qui sortait du mur, ombragé de glycines. Elle y découvrit Monsieur d'Oeiras, qui avait quitté la table et s'était assis là à l'attendre. Elle le regarda : la glycine rose entourait son visage. Cet homme était beau. Elle aimait cet homme et en attendait du bonheur.

CHAPITRE IV

La noce eut lieu et fut abondante en
fleurs, en sucreries et pleine de gloire. Le roi
vint. Le comte commandant s'y rendit.
Monsieur de Jaume souffrait le martyre et
ne s'accoutumait pas, quelques remon-
trances qu'il se fît à lui-même, que Mademoiselle d'Alcobaça, qu'il avait portée sur
ses genoux et avec qui il jouait à la balle
quand elle était tout enfant, pût être dans les
bras d'un autre. Lors de la noce, il se
trouvait à Leiria. Il alla à Montemor-o-
Velho. Il rencontra un homme venu
d'Angleterre qui connaissait beaucoup de
musique. Il le gagna au jeu et lui remit ses
dettes à la condition qu'il lui apprît les
secrets de son art. Cet apprentissage ne le
divertit pas vraiment de sa douleur mais les

heures s'écoulaient. Un soir, alors qu'il avait bu beaucoup de vin sucré et que remontaient à sa gorge d'une part l'affront qu'il avait subi quand sa demande en mariage avait été rejetée et d'autre part la dette de vengeance qui en était résultée à ses yeux et qui l'étouffait, il trouva l'occasion favorable pour revenir, laissant ses hommes en exercice, dans un bateau de pêche qui descendait le Mondego et qu'on avait chargé de bois des Indes menuisés, mais dont le marinier craignait que des pirates maures, dont on disait qu'ils étaient armés par la Castille, ne s'emparent par force. Monsieur de Jaume s'associa au patron de la barque et monta à bord, sans qu'il sût précisément ce qu'il ferait quand il aurait débarqué à Lisbonne, mais déterminé à accomplir rapidement une action qui lui vaudrait de la gloire tout en lui servant de revanche.

Deux jours plus tard il se présenta chez le neveu de Vieira, lui témoigna de l'amitié et lui donna comme présent un luth d'une beauté exceptionnelle qu'il avait reçu de

France. Il ne parla pas longuement de Madame d'Oeiras. Il dit seulement qu'ils avaient été concurrents, que le sort, la famille et le roi avaient décidé justement en le préférant à lui-même, que c'était une affaire terminée et qu'il entendait nouer une amitié loyale, étroite, d'homme à homme et valeureuse avec lui, comme il l'avait fait avec le comte. Devrait-il aller à la guerre, nourrirait-il le désir de faire de la musique, souhaiterait-il aller à la chasse, aurait-il l'envie de jouer aux dés ou aux cartes, dût-il se rendre à la cour auprès du roi : qu'il n'oubliât pas de faire appel à lui comme au comte, dans toutes les circonstances qui se rencontreraient, afin qu'on pût dire qu'ils étaient tous trois amis aussi inséparables que les lèvres et la langue. Monsieur d'Oeiras le remercia et lui dit qu'il se souviendrait de son offre généreuse.

Monsieur de Jaume cessa ses beuveries et rendit des services à Monsieur d'Oeiras qui n'étaient pas suspects. Bien sûr, on savait qu'il continuait de jouer le soir et que de temps à autre, à dix ou douze hommes, ils agressaient les femmes qui vivaient seules dans les faubourgs, mais c'étaient pour la plupart des nouvelles chrétiennes ou des filles de maures, et s'ils les polluaient jusqu'à les faire crier ils ne les faisaient pas mourir. Son visage avait changé ; il paraissait plus régulier et plus amène ; il jouait de la musique mieux que Monsieur Grezette ou que Luisa elle-même, et d'une manière qui plaisait davantage à Monsieur d'Oeiras, si bien qu'à force d'entretiens journaliers, de visites fréquentes, de beuveries communes, de chasses communes, il devint un ami jour après jour plus aimé et plus assidu, et se mêla peu à peu au clan puis à l'intimité de la famille.

C'est ainsi qu'il revit Madame d'Oeiras. Quand ils furent l'un en face de l'autre, il la regarda à peine et rien ne se décela aux traits de son visage. La deuxième fois, il fallut, pour ne pas déplaire à son époux, que ce fût elle qui allât le saluer et qu'elle le plaçât à table auprès d'elle et il ne lui dit pas un mot. Madame d'Oeiras était très belle. Elle ne se décolletait jamais. Elle aimait à porter un corsage rigide qui s'achevait sur une fraise minuscule, très froncée, ornée de perles blanches. Monsieur de Jaume était français et savait dissimuler mieux qu'un autre homme. Personne n'aurait pu deviner derrière ce visage de marbre et ces yeux de porcelaine bleue quelle fournaise était son cœur. Quand il se trouvait auprès d'elle, il avait l'impression qu'elle avait englouti dans un brasier toute sa vie et que, comme la nuit où il avait aperçu sa silhouette dans le jardin de Monsieur de Mascarenhas, elle incendiait la moindre de ses pensées et la moindre circonstance qui s'offrait.

Madame d'Oeiras se pencha vers lui, portant la main à la fraise qui entourait son cou et lui rappela des scènes qui se rapportaient à son enfance.

Il ne lui répondit pas. Les jours passants, il découvrit qu'il n'y avait pas d'endroits convenables dans toute la demeure pour prendre et avilir par surprise Madame d'Oeiras. Il découvrit qu'elle était trop entourée de domestiques et d'amies pour qu'il pût l'entretenir de la passion et de la curiosité qui le dévoraient. Il découvrit enfin, au fur et à mesure que les jours passaient, que Madame d'Oeiras ne serait pas de sitôt dans la disposition de les entendre ; qu'elle n'avait d'yeux que pour son mari ; que même quand Monsieur d'Oeiras la rebutait, elle n'en semblait pas fâchée. Elle cherchait à lui plaire dans l'amour par tous les moyens qui s'offrent à une jeune épousée mais il n'en était pas encore content. Il lui avait dit : « Vous avez trop d'âme. Vous n'avez pas assez de chair. » Elle avait essayé de comprendre ce qu'il disait. Elle chercha à lui donner plus de plaisir, et elle en éprouva plus de bonheur.

Monsieur de Jaume le sentit et il s'aperçut qu'il n'avait plus seulement à effacer un affront fait devant tous, afin de satisfaire une vengeance légitime, mais qu'il avait à combattre un sentiment de jalousie que développait en lui la complaisance dont Madame d'Oeiras entourait son mari.

Un jour qu'il s'était rendu au port, Monsieur de Jaume tomba sur Grezette qui était en train de boire, assis sur une chaise, sur le terrassement qui longe le fleuve. Ils burent. Ils composèrent et notèrent la chanson intitulée « Quand ma maîtresse chie ». Tout Lisbonne la chanta. Quand Madame d'Oeiras l'entendit, elle fit venir Grezette. Il y avait dans cette chanson un détail que seul Grezette connaissait et qui la désignait. Madame d'Oeiras l'insulta deux heures de rang et le chassa de sa maison.

CHAPITRE V

Monsieur de Jaume n'était pas soup-
çonné par Madame d'Oeiras. Rien ne le
désignait. Il prit part à sa colère et ne fut
pas le dernier à battre froid Monsieur
Grezette, qui en conçut une haine irrécon-
ciliable. C'est à dater de ce moment que
Monsieur de Jaume cessa de voir ses an-
ciens amis.

Une fin de journée, il était affalé dans une
chaise à bras, l'épée nue posée sur les
cuisses, un verre de vin à la main. Il
regardait Madame d'Oeiras dans le miroir
faute d'oser la contempler de face.

Ses yeux quittèrent le visage de Madame
d'Oeiras et il scruta le reflet de son propre
visage, tandis que Luisa continuait à
s'entretenir avec son mari. Le visage de

Monsieur de Jaume était amaigri et couvert de rides. Il se déplut à lui-même.

Dans le miroir les yeux de Monsieur de Jaume quittèrent son reflet. Il regarda les girandoles d'argent où s'égouttaient les bougies, le flacon de vin et les trois verres de cristal qui l'entouraient.

Il lissait ses dentelles de chausse. Il vit son corps qui se gonflait sous le satin et qui importunait l'intérieur de sa cuisse. Il avait envie de danser avec elle, de lui chuchoter à l'oreille des mots effrayants, de la tenir par la main, de la serrer contre lui, quand même Madame d'Oeiras n'eût pas aimé cela.

Monsieur d'Oeiras l'interpella, le fit lever, le prit par le bras et lui montra les toiles et les statues qui ornaient la salle. Il l'avertit qu'il allait les céder au comte, puisqu'il s'employait à bâtir un palais et des jardins dans les collines, à l'extérieur de la ville. Il y avait une Diane de marbre blanc qui visait avec sa lance l'air, le ciel du soir, le néant. Ou encore un grand Cupidon ailé qui visait avec sa flèche le vide de la toile. Un dieu Orphée qui jouait de la viole et poussait du bout de l'archet le néant. Un Brutus qui pointait avec sa petite dague le néant. Un grand Priape de marbre qui plongeait l'extrémité de son sexe vigoureux dans le néant et l'air et le silence.

« Ainsi ont fait nos pères en nous faisant », dit Monsieur d'Oeiras. Monsieur de Jaume répondit qu'il ne fallait pas étendre à tous des sentiments particuliers et que ce qu'il disait ne le concernait pas. Monsieur d'Oeiras rétorqua qu'il n'avait pas voulu le blesser mais qu'il ne lui avait pas paru, depuis quelques temps, que sa vie fût si différente de celle des ombres, et que les traits de son visage marquaient des chagrins semblables à ceux dont on prétend qu'elles souffrent aux enfers.

Monsieur de Jaume en convint.

C'est à cette occasion que la jeune Madame d'Oeiras rappela l'anecdote qui s'était produite trois ans plus tôt, et la détresse où avait été plongé Afonso, son compagnon de jeu. Tandis qu'elle évoquait ce souvenir, Monsieur de Jaume l'écoutait passionnément.

CHAPITRE VI

La voiture de Madame d'Oeiras entrait dans la cour. La femme de chambre qui l'attendait se précipita. Elle tint la porte ouverte, la salua puis courut devant elle.

Madame d'Oeiras gravit lentement l'escalier en arc de cercle. Elle était très belle. Elle possédait une taille très étroite. Elle portait un plateau à hanches aux extrémités aiguës d'où retombait une jupe grise à fronces jaunes. Elle sortit de la poche de sa jupe un morceau de poisson cuit et se mit à manger. Elle mangeait en regardant devant elle sans rien voir. La lumière violente de midi rebondissait sur le marbre.

Monsieur Grezette était à l'étage, tenant le luth dans son enveloppe de cuir rouge foncé à la main, et regardait monter son élève. Il tenait la main sur sa bouche comme s'il criait. Il regardait la grande robe jaune de Madame d'Oeiras qui glissait lentement sur les degrés.

Quand elle passa devant lui, elle ne le regarda pas. Il se découvrit. Il dit tout bas : « Madame, laissez-moi vous voir une dernière fois. Il faut que je vous entretienne d'un homme ! »

Elle ne tourna pas la tête vers son ancien maître de musique. Elle passa à côté de lui à un centimètre, comme s'il n'existait pas.

CHAPITRE VII

Un jour de mars, le soleil ne se leva pas. La matinée était à peine commencée et il ne faisait pas du tout chaud. L'horizon était pris de brume. Monsieur d'Oeiras, entouré de ses chiens et de ses compagnons, vint trouver Monsieur de Jaume chez lui et lui demanda s'il lui plairait de chasser avec lui et de traquer les bêtes sauvages dans les bois et les taillis qui s'étendaient plus loin que Brotas.

Monsieur de Jaume passa en hâte ses chausses et son pourpoint, se défit de l'eau de la nuit dans un vase, héla trois de ses hommes : ils prirent des saucisses et deux outres. Ils se hissèrent sur leur cheval et partirent à sa suite.

Ils passèrent les champs et parvinrent aux

taillis des plateaux. Tout d'abord ils tirè-
rent des lièvres dans les chaumes. La
chance leur sourit : une fois arrivés à une
petite éminence boisée, ils débusquèrent
une biche. Ils pénétrèrent dans le bois mais
les ombrages si obscurs des branches
ajoutés à la brume épaisse qui y était restée
accrochée ne permirent pas de suivre les
traces de la bête. Ils furent contraints de
lâcher les chiens mais ceux-ci soudain gron-
dèrent et se dévoyèrent. Ils emplirent le
bois de leurs cris. C'est alors qu'ils levèrent
de sa bauge un sanglier imposant, un solitaire, accompagné d'un marcassin qu'ils
encerclèrent et qu'ils mirent à mort aussitôt. Le solitaire avait trouvé moyen de
s'échapper, non sans déchirer un chien à la
gorge. Il devait peser deux cent cinquante
livres.

Monsieur de Jaume remarqua la fuite de
l'animal énorme, cria à Monsieur d'Oeiras
de le forcer. Ils partirent au galop à sa
poursuite dans la brume, tandis que les
chiens s'acharnaient sur le marcassin et
que les hommes s'efforçaient de soustraire à

leur gueule leur proie afin de la dépecer et d'en emplir les sacs.

Monsieur d'Oeiras avait quatre grelots fixés au harnais de son cheval, si bien qu'on pouvait le serrer de près malgré l'obscurité du bois et du nuage.

Ils descendirent la colline et ils ne virent plus la bête. Ils suivirent le lit d'une rivière couverte de brume. Ils chevauchèrent long-temps. Tout à coup, près des joncs, dans l'espèce de nuée qui longeait la rivière, ils virent deux yeux où brûlait une flamme qui était indescriptible. Les chevaux hennirent, ils reculèrent. Monsieur d'Oeiras piqua son cheval en avant : Monsieur de Jaume en entendit les grelots. Le solitaire, faisant toujours front, se replia quelques mètres plus bas, dans un coin d'herbe que le brouillard épargnait. Il hérissait ses soies blanches sur son échine ; sa hure était vaste ; ses dents et ses courtes défenses, pleines de salive, claquaient en se portant les unes sur les autres. Il gronda.

Il fonça sur Monsieur d'Oeiras. Monsieur d'Oeiras brandit son javelot et cria. Il cita le sanglier, consentit à la charge, tempéra, fonça enfin. Il tenta de le prendre de biais comme s'il s'était agi d'un taureau et qu'il se trouvait dans l'arène. Il enfonça sa lance à côté de l'épine dorsale de la bête qui recula aussitôt en grondant. Monsieur de Jaume piqua lui-même son cheval mais ne chargea pas le solitaire; il fondit sur Monsieur d'Oeiras, dont il entendait les grelots. Il poussa la lance contre la selle, manqua désarçonner Monsieur d'Oeiras qui se tourna vers lui en criant qu'il devait se tromper de cible, que la brume était épaisse et que c'était son cheval qu'il avait touché.

Monsieur de Jaume revint à la charge, poussant le fer du javelot contre l'étrier en bois et fit glisser la botte de Monsieur d'Oeiras hors du sabot. Soudain il releva sa lance et fit porter la pointe sur l'arçon arrière de la selle et chercha à la faire tourner jusqu'à ce que Monsieur d'Oeiras tombât. Monsieur de Jaume lui dit : « Qui te dit que je me trompe de cible ? » et il le mit à terre. Monsieur d'Oeiras, ayant laissé son javelot dans le cuir de l'animal, chercha à se relever et à fuir mais le solitaire, plus rapide, ne chassant qu'au groin, mit à profit l'occasion qui s'offrait subitement à lui et se rua dans la brume contre Monsieur d'Oeiras, mit en pièces son manteau et, tandis que Monsieur d'Oeiras cherchait à quatre pattes à s'abriter derrière un buisson, il déchira à coups de défenses ses cuisses. Il le blessa à la joue. Monsieur de Jaume excitait de ses cris la bête et la piquait. Monsieur d'Oeiras glissa et tomba dans le lit de la rivière. Là il s'accrocha à une touffe d'osiers qui pendaient sur l'eau. Alors Monsieur de Jaume fit porter tout le poids de sa lance sur le solitaire, déjà très affaibli par le coup qu'il avait reçu, et le transperça.

Il entendit Monsieur d'Oeiras qui appelait au secours. Il se retourna : tout le bas du corps immergé, le visage ensanglanté parce qu'une défense de la bête sauvage avait crevé sa joue, Monsieur d'Oeiras s'agrippait à une touffe d'osiers qui le retenait à la rive. Monsieur de Jaume entendit au loin la meute des chiens qui aboyaient. Il se retourna dans la direction des cris des chiens, s'assurant que ni les chiens ni les hommes n'étaient à portée de vue. Il s'approcha de Monsieur d'Oeiras, mit un genou en terre et lui dit : « Vous avez cru pouvoir prendre pour vous Mademoiselle d'Alcobaça et souiller des jours durant son ventre ! » Monsieur d'Oeiras dit : « C'est vrai, Monsieur, ce qu'on dit : les âmes restent longtemps cachées avant que l'occasion les mette dans la lumière. Vous, vous me mettez dans l'eau. Vous attaquez de dos les jours de brouillard. Comme on dit sur le port, vous ne possédez pas les couilles d'un homme. » « — On verra si ta femme trouvera dans mes chausses aussi peu que tu dis. » Alors Monsieur de Jaume sortit de la gaine fixée à sa ceinture son épée et trancha les brins d'osiers. Monsieur d'Oeiras avait un visage plein de sang et épouvanté. Il cria et fut noyé par le flot.

Presque aussitôt les hommes furent là. Ils virent Monsieur de Jaume courir le long de la berge, dans la brume qui entourait le lit de la rivière, l'épée au flanc, tendant sa lance après l'avoir retournée, afin de sauver leur maître. Ils virent Monsieur de Jaume, au péril de sa vie, s'avancer le long de la rivière, empoigner les cheveux de leur maître, le tirer hors de l'eau, l'appuyer contre un olivier sauvage, lui ôter son habit, déboutonner son pourpoint, étancher son sang et le pleurer.

Il fallut qu'ils l'arrachent de la proximité du corps de son ami, qu'ils l'adossent lui-même à un arbre et lui fissent prendre un peu de vin.

Recru de fatigue, son épée nue à la main, il fixait le lit de la rivière et la brume, l'œil hagard.

Tandis que Monsieur de Jaume pleurait son ami, les porteurs de fourche dépecèrent le sanglier. Les gens de Monsieur d'Oeiras nettoyèrent les plaies et placèrent le cadavre de leur maître sur une espèce de natte qu'ils assemblèrent en nouant des joncs entre eux. Ils le rhabillèrent et le portèrent. On retrouva à l'oreille le cheval de Monsieur d'Oeiras à cause des grelots qui étaient attachés au harnais. Monsieur de Jaume ne voulut pas remonter sur son cheval. Il faisait des gestes comme si ce dernier lui faisait horreur. Il voulut suivre à pied le corps de son ami. Ceux qui étaient à cheval prirent les deux chevaux de Messieurs d'Oeiras et de Jaume par la bride et partirent à la ville avec les sacs contenant les lièvres et les sangliers dépecés. Les porteurs de javelots et Monsieur de Jaume ramenèrent le corps de Monsieur d'Oeiras. Quand ces derniers furent rendus à peu près à deux lieues de la ville, la nuit était tombée depuis un bon moment. Ils allumèrent des torches et Monsieur de Jaume offrit son épaule pour porter le corps. C'est ainsi qu'ils entrèrent dans la ville.

CHAPITRE VIII

Ceux qui étaient revenus avec les chevaux à Lisbonne avaient répandu le bruit de la mort cruelle de Monsieur d'Oeiras. Ils avaient exposé comment l'animal avait surpris Monsieur d'Oeiras, l'avait chargé soudain dans la brume, l'avait désarçonné, l'avait déchiré aux jambes et l'avait renversé dans la rivière où il s'était noyé. Ils avaient relaté de quel courage, de quel sang-froid et de quelle fidélité Monsieur de Jaume avait fait preuve dans ces circonstances, tuant le solitaire pour dégager le corps de son ami, risquant sa vie pour repêcher son corps, et de quelle douleur il avait témoigné de sa mort, et quelles larmes il avait versées.

Toute la ville bruissait de ce récit. Il

Azulejos
du Palais Fronteira
à Lisbonne

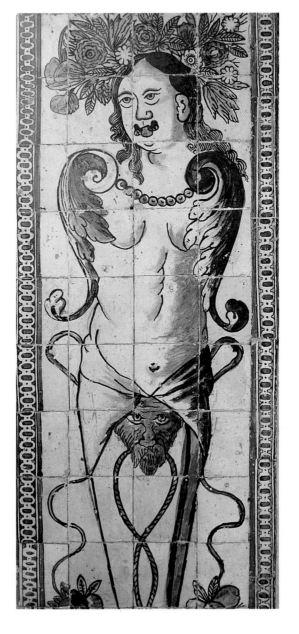

parvint aux oreilles de Madame d'Oeiras avant même que les compagnons de chasse de son époux l'eussent rejointe. La ruelle était pleine de monde et l'escorte, loin d'aider à se frayer un passage, obstruait la voie qui menait à la demeure de Monsieur d'Oeiras et ralentissait la marche de tous ; les hommes, les chaises à porteurs, les amis, les ânes, les curieux, les canards, les charrettes de légumes, les paniers de poissons, les cris, tous entravaient la marche de chacun.

Madame d'Oeiras courait cependant dans les rues pleines de monde en hurlant. Elle appelait son mari, sortit de la ville. Avec une voix aiguë de démente, elle s'adressait aux arbres et aux roues des charrettes en criant le nom de son époux. Des passants parvinrent à arrêter sa course, sinon à calmer sa douleur. Ils la ramenèrent dans la ville, ses proches la reconduisirent à sa demeure. Là, elle ne criait plus, elle ne courait plus : elle entourait de ses bras le fauteuil de bois où Monsieur d'Oeiras avait coutume de s'asseoir et elle sanglotait et prenait à pleines mains ses cheveux.

La nuit tomba. Quand on annonça que le cortège était entré dans la ville, entouré des torches, des amis, des gardes, des clients, Madame d'Oeiras demanda qu'on l'aidât à se lever et qu'on la portât dans la ruelle ; elle vit briller les torches dans la nuit ; elle poussa un grand cri de nouveau.

Elle court soudain. Elle voit Monsieur de Jaume qui portait sur son épaule un des bois qui soutenait la natte de joncs, elle l'étreint, le supplie de poser le corps à terre, s'agenouille à ses côtés, approche les lèvres de la joue crevée de son époux, s'étend sur lui et s'évanouit.

On ramena les deux corps inanimés à la maison. Elle ne mourut pas mais elle l'eût souhaité. Le lendemain, on conduisit le corps de Monsieur d'Oeiras à sa sépulture. Le comte commandant João de Mascarenhas était là. Le roi devait venir. Il pleuvait. Malgré la bourrasque et la pluie, tous les Lisboètes étaient présents : vendeurs à la criée, porteurs, laquais, aubergistes, tonneliers, mendiants, pêcheurs, voleurs, cochers, bateliers, écrivains, chiffonniers, soldats, porteurs d'eau, bateleurs, musiciens, fermiers.

CHAPITRE IX

Elle ouvrit les yeux. Elle avait le visage tout froid, les joues glacées. Elle reconnut l'église. Elle s'habitua à l'obscurité. Elle perçut tout autour d'elle le son et l'éclat de la cour, la soie, l'or, les robes, les rubans, les colliers, les chapeaux, les éperons bruyants, les épées bruyantes, les boucles des souliers. Soudain les trompettes retentirent deux fois.

Enfin ce fut le silence brusque. Elle sut que le roi entrait. Elle perçut le parfum que portait le roi Jean. Il lui fit un signe tandis qu'elle s'agenouillait. Il salua Monsieur d'Oeiras le père et Monsieur d'Alcobaça. Il s'assit et l'organiste tira ses jeux.

Elle leva les yeux : elle vit le dos du roi immobile, la ceinture d'or qui ceignait son pourpoint, le cercueil sur le catafalque, les douze cierges de cire jaune qui brûlaient et fumaient. Elle songea que c'était le corps de son mari et que plus jamais elle ne le serrerait dans ses bras. Le désert fut en elle. Elle songea que c'était impossible, que son corps ne pouvait pas se trouver vraiment là. Où était le visage de Monsieur d'Oeiras? Où était la glycine? Où erreraient désormais dans le monde ses cheveux et ses vastes épaules? Elle voyait la face épaisse d'un sanglier qui surgissait dans la brume. Le matin, elle s'était fait répéter durant des heures par Monsieur de Jaume les circonstances de la mort de son mari et le rôle héroïque qu'il avait joué dans le moment si périlleux de la charge.

Elle s'était fait décrire les lieux. Elle lui avait fait reproduire les mots et les cris. Elle avait fait répéter à Monsieur de Jaume la recommandation que Monsieur d'Oeiras lui avait faite en mourant et comment, à l'instant d'exhaler sa dernière haleine, il lui avait confié sa personne et aussi son destin.

Quatre gentilshommes avaient été choisis pour porter le cercueil dans la crypte, dont

Monsieur d'Alcobaça et le comte de Mascarenhas. Quatre autres gentilshommes, dans
de grandes culottes noires qui bouffaient,
tenaient les cordons du poêle et le retenaient
au-dessus du bois du cercueil.

Monsieur de Jaume portait les éperons et
l'épée du défunt.

L'évêque aspergea le cercueil. Quand il se
mit à chanter : « Ne nos inducas... », Madame d'Oeiras s'appuya au bras de sa sœur.
Alors elle releva le voile de deuil, pour
respirer : elle avait un visage effaré et bour-
souflé mais ses yeux étaient sans larmes.
Elle dut suivre le cercueil. Le chœur en était
à chanter : « In Paradisium... » Le roi lui
tendit sa main, elle la prit en replaçant son
voile. Elle trouvait elle-même très fortes et
pleines de vigueur les épaules de Monsieur
de Jaume qui les précédait dans le cortège.
Les épaules de Monsieur de Jaume lui firent
penser aux épaules de Monsieur d'Oeiras et
à la force de ses bras.

CHAPITRE X

Quand la cérémonie fut terminée Monsieur d'Alcobaça raccompagna Madame d'Oeiras dans sa demeure et la reconduisit jusque dans sa chambre. Il vit sur le lit le manteau déchiré et maculé de sang. Il dit à sa fille : « Vous êtes bien sentimentale. La mort est comme l'air que nous respirons. Tout meurt, et les manteaux qui ont fait leur temps se jettent comme toutes les ordures. » Il prit le manteau de Monsieur d'Oeiras et le jeta dans l'âtre où il brûla.

Madame d'Oeiras, connaissant l'humeur emportée de son père, courut à son lit, prit l'effigie qui représentait son époux et la serra contre son sein.

Son père se retira.

Quand son père se fut retiré, le père de

son mari fit demander à Madame d'Oeiras
de se rendre auprès de lui.

Il était couché. Il lui dit : « J'aimais mon
fils et je le regrette mais je suis content que
son cheval ne soit pas mort. J'aimais aussi
son cheval. » Madame d'Oeiras lui fit don
du cheval de son mari mais le vieux duc
mourut avant qu'il entrât en sa possession et
qu'il pût presser ses cuisses contre ses flancs.
Le duc d'Oeiras fut beaucoup pleuré. Et on
disait que le malheur s'acharnait sur cette
maison.

CHAPITRE XI

Vêtu de son habit de taffetas blanc et un cierge de deux livres sous le bras, chaque jour Monsieur de Jaume allait prier le mort auprès des pierres du tombeau qu'on était en train d'édifier.

Il voyait Madame d'Oeiras sans jamais insister pour la voir. Mais quand elle le faisait appeler, il accourait. Ils pleuraient ensemble. C'était son mari, son amour, son seigneur, le meilleur des hommes qu'une femme pût rencontrer sur cette terre. C'était son ami, son camarade, son compagnon, son frère, le meilleur des frères qu'un homme pût se choisir. Monsieur de Jaume prenait les mains de Madame d'Oeiras. Madame d'Oeiras serrait la tête de Monsieur de Jaume contre son sein en pleurant.

Il s'efforça de trouver les mots qui émousseraient la pointe de la douleur. Il parlait des exemples que d'autres hommes avaient donnés jadis, alors qu'ils étaient placés dans une situation semblable; il rapportait les signes de leur chagrin; il décrivait la simplicité de leur peine, la sobriété dont ils témoignaient, et leur pudeur. Monsieur de Jaume ne cessait d'évoquer la mort qui les guettait eux-mêmes comme des mouches ou comme des poulets de basse-cour.

Mais rien ne modérait la peine de Madame d'Oeiras. Elle ne mangeait plus; elle ne sortait plus au jardin; elle avait peur de tout; elle passait pour une femme que la douleur avait dérangée mais le deuil faisait excuser ses lubies. Elle disait qu'elle n'aimerait plus, dans ce monde, que les chats. Un jour, elle dit qu'elle accepterait de revoir son maître de chant, Monsieur Grezette, s'il consentait à devenir chat. Elle avait deux chats. Elle les trouvait doux et dormait avec eux. En s'approchant d'avril, le froid devint plus vif. Ses deux chats se tenaient proches du feu. Elle disait que, vus de dos, quand ils

contemplaient l'âtre de la sorte, c'étaient
des prêtres qui priaient pour le repos de
l'âme de Monsieur d'Oeiras. Elle refusait de
se laver. Il n'y avait que pour Monsieur de
Jaume qu'elle admettait de se passer une
brosse dans ses cheveux, mais elle ne les
nouait pas. Elle refusait qu'on repliât les
volets de bois et restait dans une obscurité
presque complète. Par l'interstice, elle suivait du regard le chargement d'une barque
sur le Tage. Elle sanglotait. Elle voyait au
loin un minuscule marchand qui roulait un
dernier tonneau. Un marinier le plaçait sur
sa barque. Puis il montait et poussait la
longue rame. C'était le roi de la mort. Il
gagnait le centre plus jaune du fleuve.

Elle faisait des rêves incessants qui écour-
taient encore le peu de sommeil que lui
laissaient ses nuits. Monsieur de Jaume, à
force de patience, grâce au secours que lui
apportaient la mère et la plus jeune sœur de
la jeune femme et les proches du défunt,
parvint à l'arracher peu à peu à la saleté. Il
obtint un bain tous les deux jours. Il obtint
qu'elle but des soupes au lait. Elle céda aux

prières de sa petite sœur. Elle reprit peu à peu les tâches humbles des vivants, cependant que dans son cœur elle ne pouvait s'éloigner de sa souffrance. Toutes les joies des autres lui étaient des regrets. Elle ne parvenait pas à recouvrer le sommeil. Elle restait assise devant le feu, caressant ses chats. Elle avait fait mettre sur un petit chevalet le médaillon en ivoire qui représentait Monsieur d'Oeiras quand il avait dixhuit ans et elle vouait un culte à cette image ; elle s'adressait à lui la nuit ; et ce qui aurait dû la consoler, ou amoindrir la sensation de l'absence, en augmentait l'impression. Elle avait le sentiment que la vie authentique était chez les morts ; que c'était elle qui était plongée dans un exil monstrueux ; et l'image de Monsieur d'Oeiras posée sur le petit chevalet en bois d'ébène semblait lui dire avec tendresse, mais avec une tendresse injuste, qu'il l'avait abandonnée parce qu'elle n'avait pas su l'aimer assez.

Elle confessait ses craintes à l'image. Elle lui avouait ses remords. Elle croyait l'entendre lui adresser des reproches : « Tes mains étaient douces. Elles seraient devenues plus hardies. Ton ventre n'a pas eu le temps d'être humide. » Elle répondait : « Je suis malheureuse que mes mains n'aient pas été meilleures pour toi parce que je t'aimais. » L'image disait : « Je t'aimais plus encore. Mais la vie a passé comme un soupir. Je n'ai pas vu ton ventre croître sous la pression de la tête d'un enfant. J'aurais aussi aimé que tu souilles tes lèvres. » Elle répondait : « Je regrette que mes lèvres ne t'aient pas donné le plaisir que tu en espérais. »

Elle pleurait. Elle lui disait encore : « J'ai donné à votre père, votre cheval, parce qu'il le réclamait. Votre père est mort. » L'image disait : « Vous en avez bien usé avec mon père. J'ai remarqué durant ma courte vie que quand la mort envahissait le passé, les chevaux n'avançaient plus. Alors je les plie et je les range dans ma boîte à mouchoirs. » « — Je ne comprends pas vos propos », lui répondit-elle. L'image prit alors un air malheureux et dit : « Madame, votre esprit est

comme étaient vos mains, et votre curiosité
a la frayeur que connaissaient vos lèvres.
Ma boîte à mouchoirs, c'est vous. Mon
cheval, c'était mon désir. »

CHAPITRE XII

Un soir que Madame d'Oeiras s'était endormie tout à coup, la tête dans ses genoux, la main posée sur le médaillon d'ivoire qui représentait le profil de son mari défunt, elle eut un songe. L'ombre de son époux lui apparut devant les yeux. Elle le découvrit avec son manteau déchiré, son entrejambe en sang, son gant à la main, son visage plus âgé et sanglant, la joue ouverte au point que Madame d'Oeiras eut l'impression que Monsieur d'Oeiras avait deux bouches sur sa figure, et quatre lèvres qui parlaient. Les mains salies, il se tirait comme il pouvait sur la terre, agrippant des racines, s'efforçant de sortir de l'ombre d'un taillis.

Il prononçait son nom en gémissant.

Elle en fut effrayée. Au réveil, elle fit appeler Monsieur de Jaume et lui confia son rêve, le pressant de questions sur l'interprétation qu'il fallait lui donner. Il la consola. Il lui fit valoir que de même que l'eau versée ne pouvait se ramasser, celui qui était parti ne pouvait revenir. S'il pouvait en juger par lui-même, lui dit-il, l'apparition de son rêve n'était revenue que pour lui dire adieu. Comme elle lui avait pris les mains pour lui narrer son songe, il les lui embrassa. Soudain il prit le visage de Madame d'Oeiras entre ses mains et pressa son front contre son cou. Elle s'alanguit. Elle se donna à lui deux jours plus tard. Ils s'aimaient dans les larmes, avec tendresse. Il buvait. Elle connut auprès de lui quelques plaisirs que Monsieur d'Oeiras ne lui avait pas procurés, et de beaucoup plus nombreux qui ressemblaient à ceux de son rêve et qui lui répugnaient.

Particulièrement un dessin qu'il avait sur la peau de sa queue et qui s'accroissait avec le désir, et qu'il lui faisait baiser.

Mais l'ardeur de Monsieur de Jaume et

l'impatience qu'il montrait en toutes occasions la faisaient revivre et les fatigues et les joies que son assiduité et que son désir lui donnaient lui firent recouvrer en grande partie le sommeil.

Ils se voyaient en cachette de tous. Il résidait dans l'appartement de feu Monsieur d'Oeiras. Au bout d'un mois, Monsieur de Jaume évoqua de nouveau le projet qu'il avait conçu, jadis, de l'épouser. Madame d'Oeiras posa sa main sur la bouche de Monsieur de Jaume pour qu'il ne continuât pas de parler mais ne le repoussa pas. Ils étaient sur la terrasse, devant la cour. Alors il lui montra le fourneau qui était allumé dans la cour et il lui demanda s'il ne lui semblait pas que « la brise chasse la fumée du fourneau dans la cour ». Madame d'Oeiras frémit. Elle dit que ce ne serait jamais tout à fait vrai. Mais elle posa ses doigts sur sa main.

À force de combattre à mains nues les taureaux, Monsieur de Jaume jugeait qu'il en avait acquis l'entêtement et le courage. Il croyait s'être associé une part de leur force et Madame d'Oeiras découvrit qu'être aimée de cet homme reproduisait certains des traits du combat. Il broyait ses mains et son visage tandis qu'il la secouait.

Monsieur de Jaume obtint de Madame d'Oeiras qu'elle abandonnât les fraises froncées et ornées de perles blanches ou noires qu'elle affectionnait et qu'elle décolletât ses robes afin qu'il vît ses épaules et ses seins, qu'elle avait très beaux.

Ils eurent un différend : Monsieur de Jaume voulait qu'elle eût aussi un dessin sur le bas-ventre qui fît pendant à celui qu'il avait lui-même. Elle refusa et lui dit qu'elle ne souffrirait pas qu'un maure vînt avec des aiguilles, les lui piquât dans la peau après qu'elle eut dévoilé ses parties intimes aux yeux de cet homme et qu'elle eut reçu l'humiliation qu'il rasât son ventre. Monsieur de Jaume la suppliait en la serrant dans ses bras et en lui chuchotant des sottises.

Au mois de mai, Monsieur d'Alcobaça mourut. On dit qu'il se tua parce qu'il était ulcéré de l'ingratitude du roi à son égard.

Un jour que le roi Jean goûtait des épices et des sucreries de l'Inde, offrant autour de lui de la confiture, il n'avait pas tendu le bol à Monsieur d'Alcobaça.

C'est à cette époque aussi qu'une servante de Madame d'Oeiras se pendit pour une raison qui est très voisine de celle qui avait incité Monsieur d'Alcobaça à se percer de son épée : Madame d'Oeiras l'avait frappée parce qu'elle l'avait surprise à prendre du sucre avec son doigt. Mais on estima aussi que la servante s'était tuée parce que Monsieur de Jaume, après l'avoir abusée, le temps que Madame d'Oeiras se remît de sa douleur, l'avait abandonnée. Un valet la retrouva le cou gonflé, attachée avec un drap à la poutre de l'antichambre de Monsieur de Jaume. Au matin, le valet qui montait le petit déjeuner de Monsieur de Jaume la découvrit les jambes pendantes et jura qu'il avait cru l'entendre dire avec une grosse voix enrouée qu'elle préférait un singe à un homme, parce que c'était moins grossier, et qu'un jour elle souhaitait revenir arbre plutôt que femme. Mais elle revint chat, et non pas arbre, et hanta la maison de Madame d'Oeiras, au point qu'il fallut faire venir un Père pour fouetter l'esprit de la suicidée et la contraindre à quitter les lieux. Ce qu'elle fit sur-le-champ.

Madame d'Oeiras, quant à elle, ne s'était pas défaite des songes où son mari lui apparaissait. Une nuit, il revint de nouveau vêtu de son manteau déchiré, de nouveau couvert de sang. Il tenait dans une main le sabot orné de clous de cuivre qui lui servait d'étrier, dans l'autre les clochettes de son cheval. Il criait son nom en étant très fâché. Elle se mit à genoux. Elle joignit les mains et lui dit : « Il me semble que je puis me diviser dans le temps, à volonté, sans cesser d'être réunie à vous par une pensée qui ne cesse pas. Que je sois au jardin à désherber, que je joue du luth, que je parle à votre mère, que je monte à cheval, je suis à vous sans cesse. » « — Vous en faites trop, Madame », lui dit-il. « — Ce n'est pas vrai. Vous êtes injuste. Vous êtes mort et je suis emplie de vous. » « — Êtes-vous sûre que vous êtes emplie de

68

moi ? », répondit-il. Elle baissa la tête et pleura.

Elle fut si effrayée de ce songe qu'elle éveilla Monsieur de Jaume qui dormait contre son flanc et le lui raconta. Monsieur de Jaume l'écouta, la consola, la pénétra. Quand ils eurent fini, Monsieur de Jaume commit l'imprudence, que la vanité inspire si fréquemment aux hommes, qui prétendent être aimés pour ce qu'ils sont, ou pour ce qu'ils se croient être, tandis qu'ils se caressaient encore avec douceur, de lui révéler les remords de sa vie, les crimes qu'il avait commis en France. Elle pardonnait tout ce qu'il disait et caressait ses cheveux blancs. Il lui avoua enfin les circonstances de la mort de Monsieur d'Oeiras. Elle ne dit rien. Elle continua à caresser ses tempes et ses cheveux. Monsieur de Jaume s'endormit. Elle se leva.

Elle se précipita pour aller vomir. Elle alla par la terrasse dans la grande salle de réception. Elle regarda l'effigie de son ancien époux qui reposait sur le chevalet. Elle s'agenouilla près de l'âtre. Par terre, elle vit le petit miroir bombé de Venise, le prit et le jeta au feu. Elle regarda les montures de bois doré brûler et la valve en étain qui commençait à fondre. Peu à peu elle fut frappée d'un coup violent à l'intérieur d'elle-même. Elle s'endormit à genoux. Son rêve revint. Monsieur d'Oeiras, le visage percé et sanglant, se relève sous la bête morte. Monsieur de Jaume le pousse dans l'eau noire de la rivière. Il coupe les joncs auxquels sa main s'est agrippée mais Monsieur d'Oeiras se dresse. Il s'approche de sa femme légitime. Il lui dit : « Ma femme, si je puis vous nommer encore d'un nom qui ne vous désigne plus, vous m'inspirez de la honte. Nous autres, morts, nous savons que nous laissons peu de souvenirs après nous, mais nous ne détestons pas que succèdent à notre présence sur la terre, durant deux à trois mois, des comportements qui feignent la douleur. Si tu m'as aimé un peu, si tu t'en souviens parfois, repousse la main de celui qui m'a tué. Ces blessures que tu pleurais sur moi ne sont pas les traces des défenses d'un

sanglier sauvage mais les marques des coups
de la lance qu'un homme qui prétendait au
nom d'ami m'a donnés par trois fois dans le
dos, un jour où il y avait du brouillard. »

Elle poussa un gémissement et elle se
réveilla. Quand l'aube parut, elle rejoignit
la chambre et alla tirer par l'épaule Monsieur de Jaume afin qu'il regagnât en secret
ses appartements, comme ils étaient accou-
tumés de faire depuis des semaines. Elle
multiplia les embrassements, comme si
l'aveu qu'il lui avait fait dans la tendresse,
loin de la rebuter, avait serré un cran plus
avant la complicité qui les unissait, et avait
accru son amour. Il lui redemanda qu'elle
consentît au tatouage qu'il réclamait depuis
des jours. Alors elle accepta. L'image de son
époux était sans cesse devant ses yeux. Elle
le voyait avec son manteau déchiré, son
entrejambe en sang, son gant à la main, les
quatre lèvres de son visage disparu, allongé
sur la terre dans l'ombre d'un taillis, se
traînant, se noyant dans l'eau sombre,
s'agrippant aux touffes de l'oseraie. Il la
suivait partout.

Elle ne cria pas tandis que le maure introduisait l'aiguille enflammée sur son pubis. Elle songea à la lance de Monsieur de Jaume retournée contre le corps de son mari. Elle endormit l'esprit de Monsieur de Jaume. Ce dernier voulut la prendre aussitôt le dessin polychrome exécuté sur son bas-ventre. Elle prétexta qu'elle souffrait des séquelles d'une opération encore plus pénible qu'elle avait été longue. Elle lui demanda l'autorisation de prendre un peu de repos et un bain, de surseoir jusque tard dans la nuit, le temps qu'elle pût couvrir d'onguents les plaies que le maure lui avait faites et préparer son corps dignement pour qu'il en retirât plus de plaisir. Elle lui dit qu'il frappât à son carreau à nuit noire et que, à son avis, ce serait une nuit comme il n'en avait pas connue beaucoup.

Elle était à la fenêtre. Elle souffrait des plaies qui étaient à son ventre. Elle regardait le Tage couleur de plomb. Il faisait chaud. Le bleu du ciel était foncé et presque noir. Il y avait sur l'estuaire des reflets

couleur de vieux cuivre que l'air et le temps
ont terni. Elle regardait les mendiants sur
les marches qui mendiaient Dieu du regard.
Un gentilhomme minuscule, au loin, tenait
son cheval par les rênes. Elle vit sa culotte
bleue. De loin, l'homme ressemblait à Grezette. Elle se prépara.

CHAPITRE XIII

La nuit, quand la lune se détacha enfin dans le ciel devenu tout à fait obscur, Monsieur de Jaume passa par le jardin, grimpa jusqu'à la terrasse et toqua à son carreau. Elle ouvrit la fenêtre. Il n'y avait pas de lumière dans la chambre et il s'en étonna. « Attends, lui dit-elle. J'ai préparé une mise en scène pour te donner à voir mon ventre. Consens à l'obscurité pour l'instant. Tiens ma main. Je vais te guider. »

Elle le fit asseoir sur un divan. Elle lui demanda de ne dévêtir que le lieu de son propre tatouage. Pour l'heure, Monsieur de Jaume ne bandait pas. Elle mêla au flacon plein du vin qu'il aimait un somnifère. Elle lui servit un verre et lui demanda un peu de temps encore pour que tout fût prêt. Il attendit. Il but plusieurs verres. Ses yeux peu à peu se fermèrent. Quand il fut dans un demi sommeil, elle revint couverte de voiles. Elle portait un flambeau. C'était la plus belle des femmes : plus belle que Marie sur les mosaïques des églises, plus belle que Vénus sur les toiles des peintres d'Italie. Elle approcha le flambeau de son ventre et, soulevant le voile léger, lui découvrit son pubis.

Il avait du mal à tenir ses yeux ouverts. Elle montra de la main son propre tatouage et lui demanda où était son désir et s'il ne pouvait dresser un peu sa propre figure. Elle tira son paquet sur son ventre. Il rit. Elle lui dit : « Voilà l'homme qui me désire : une couille flétrie. Voilà l'ami de mon époux : un assassin lâche. Tes yeux se ferment parce qu'ils pressentent les ténèbres qui les attendent. Dors. Fais un éternel cauchemar. Tu verras qu'il est possible que tu ne désireras plus beaucoup. »

Il n'entend rien. Elle le caresse. Elle porte ses lèvres sur son sexe. Elle prend ses bourses avec ses doigts. Elle sort un petit couteau. Elle tranche d'un coup les deux bourses. Il hurle. Elle l'émascule enfin ; le sang jaillit à gros bouillon. Elle fourre dans la bouche de Monsieur de Jaume les deux couilles qu'elle lui a coupées. Elle conserve le pénis et le dessin qui est gravé sur son fourreau. Monsieur de Jaume s'évanouit en criant.

À ce cri, les domestiques accourent. Ils voient Monsieur de Jaume tout en sang et le ventre ras. Ils croient Madame d'Oeiras devenue folle et ne s'en étonnent guère. Elle court en voiles légers vers la sépulture de son mari. Dans l'obscurité de l'église, elle prend le pénis de Monsieur de Jaume, en distend la peau. Elle dit à la tombe : « Ta mort a trouvé sa vengeance. Mais ta femme ne se pardonnera jamais. La vulve où tu as plongé a rejeté ce petit fourreau de peau qui lui fait honte. »

Bientôt, toute la ville est là. Tous les bourgeois sortaient de leurs maisons ; tous les officiers s'inquiétaient des cris qu'une femme poussait. Les gens de Madame d'Oeiras arrivèrent enfin. Elle se tourna vers eux. Elle dit : « Mettez un terme à vos larmes parce que je ne suis pas à pleurer. Je descends rejoindre les morts et j'entends m'expliquer seule avec eux de ma honte. »

Elle plonge le couteau dans son sein. Comme un officier s'approchait pour l'en empêcher, elle le regarde avec une telle autorité qu'il ne fait pas un geste pour retenir le coup qui est mortel. Les porteurs de flambeaux s'avancent et éclairent son visage. On vit ses joues creuses et pleines du sang qui les a éclaboussées, ses grands yeux noirs, ses cheveux défaits.

La main pesant toujours sur le couteau, elle parvient à prendre appui sur l'épaule d'un des porteurs de flambeaux. Elle se met debout sur le parapet de pierre. Elle lève la main.

Le mouvement, les cris ont cessé aussitôt.

Elle raconta dans le détail non seulement la mort de Monsieur d'Oeiras mais l'impudence qui l'avait suivie, et la punition qu'elle y avait trouvée. Elle se tourne vers ses gens et les supplie qu'ils sacrifient à sa mémoire, dans l'église où est inhumé son époux, un corbeau « parce qu'il n'était plus besoin qu'un oiseau s'entremette entre l'aimé et celle qui l'aimait ». Alors elle retira la lame qui était dans son sein et elle s'effondra. Elle balbutia des mots sans suite, où on pouvait percevoir le nom de Monsieur de Jaume et celui d'Afonso.

CHAPITRE XIV

Pendant le temps où Madame d'Oeiras haranguait le peuple de Lisbonne sur son parapet, un barbier était parvenu à recoudre le ventre de Monsieur de Jaume et à arrêter l'hémorragie. Il survécut à sa blessure. Madame d'Oeiras fut lavée et déposée dans la tombe de Monsieur d'Oeiras. Une corneille lui fut sacrifiée par un père jésuite, ainsi qu'elle en avait fait la prière.

Un marinier, avec son filet, repêcha le luth de Monsieur Grezette de l'eau du fleuve, le tira sur la berge et le rapporta aux officiers du port.

Monsieur de Jaume fut recueilli par le comte de Mascarenhas. En 1668, Pierre de Bragance emprisonna le roi Alphonse. Il épousa sa belle-sœur, Marie-Françoise de

Savoie, princesse d'Aumale. Le roi aimait le comte. Le comte aimait Monsieur de Jaume. Monsieur de Jaume résidait chez le comte commandant. Mais la vie sans désir lui vint à charge peu à peu. Monsieur de Jaume n'était pas un homme sans honneur. Comme il ne pouvait tirer vengeance d'une femme qui était morte et pour laquelle il ressentait encore de l'amour, il n'était pas en mesure d'effacer l'affront, ou plutôt le déshonneur qu'il avait subi. Tout le monde savait ce qui lui avait été retranché et même ses hommes ne le regardaient pas comme s'il avait été un homme complet. Un jour, il demanda qu'on ne le nettoyât pas quand il serait mort et qu'on le recouvrît de terre sans toucher à l'habit où il se trouverait. Il se jeta dans l'escalier de Madame d'Oeiras dans la nuit, à l'heure où il était accoutumé de la rejoindre dans son lit quand elle vivait encore.

Un quart d'heure plus tôt, une servante qui gravissait le grand escalier pour aller se coucher dans sa soupente, s'était arrêtée devant Monsieur de Jaume qui songeait, lui demandant s'il avait besoin d'un flacon de vin, pour boire. Il avait répondu : « Je trouve amer le pain où j'ai mordu. » Il ne l'avait même pas regardée en parlant. La réponse lui avait paru si évasive qu'elle avait poursuivi sa course.

Elle s'était retournée.

Monsieur de Jaume était sorti de son engourdissement. Il vit son chapeau à sa main. Il se coiffa machinalement, il enjamba la balustrade de marbre et il sauta.

La servante courut à sa soupente et s'y enferma.

Le maître d'hôtel du palais, sortant de la cuisine avant l'aube, pénétrant dans la grande salle encore obscure, aperçut une silhouette bleue recroquevillée sur le sol. Il s'approcha et vit une large tache rouge qui sortait de la bouche et qui longeait l'arête du nez, qui envahissait l'œil droit et qui s'étendait sur le front.

Quand Monsieur Grezette apprit que Monsieur de Jaume s'était jeté de la balustrade dans le vide, il était en train de porter une rame sur le pavé du port, parce qu'il s'était détourné de la musique. Il battit avec sa rame le pavé tant sa joie était forte. Il se tua deux jours plus tard; après avoir ébréché son verre sur une borne, tout en parlant, il le porta jusqu'à sa pomme d'Adam et se trancha la gorge en se maudissant. Quand on prévint sa majesté de la mort volontaire de Monsieur de Jaume, son regard ne cilla pas mais il dit qu'il fallait suivre l'affaire de près car dom João de Mascarenhas en aurait du ressentiment, et qu'il fallait envoyer dans son hôtel des mouches. Quand on avertit le comte commandant, il cria sa peine, il fit venir ses hommes et le régiment de Monsieur de Jaume, se mit au milieu d'eux et déclara qu'il leur fallait venger, les uns un compagnon de toujours, les autres leur maître. Le roi fut aussitôt mis au courant qu'une vengeance de famille s'ourdissait et que le sang allait couler.

Le roi Pierre fit venir sur l'heure au palais le comte commandant de Mascarenhas. Quand il vit le comte s'approcher, le roi se leva et il l'entraîna au centre de la pièce, loin de ses gentilshommes. Un de ses chiens courants le suivit alors, et vint s'étendre et bâiller à ses pieds. Le roi se baissa pour le caresser. Il portait son pourpoint bleu et noir. Sa ceinture d'or brillait dans l'ombre. Il demanda au comte des nouvelles de son jardin, et ce dernier lui en donna. Le roi éleva la voix alors, afin que tous l'entendissent. « Comte de Santa Cruz, comte de la Torre, comte de Serém et de Cuncolim, lui dit le roi du Portugal, vous êtes un de mes meilleurs officiers. Je vous fais aujourd'hui marquis de Fronteira. Tout le monde sait que les sentiments très puissants et très honorables de l'amitié vous liaient, depuis la guerre qui a affranchi le royaume de sa sujétion, à Monsieur de Jaume. Madame d'Oeiras a eu un démêlé avec Monsieur de Jaume où vous n'avez eu aucun tort. Plate est la terre du bonheur, et pas plus longue que la main. La mort nous a arraché Monsieur de Jaume. Nous l'avons pleuré. Et c'est fini. Je vous demande, Monsieur, à mon tour comme votre ami, que vous me sacrifiiez votre ressentiment. Je ne veux pas entendre un mot de votre bouche concernant une histoire qui nous a donné tant de peine. »

Le marquis de Fronteira tint parole. Pas un mot ne sortit de sa bouche. Il fit venir des artisans auxquels il commanda des azulejos, qui sont des carreaux peints de céramique. En silence, il leur donna quelques dessins de sa main, qu'il avait faits sur du papier des Indes. En silence, les artisans les agrandirent et les passèrent au four. On les porta sur les murs et on les y disposa. Le comte ne dit rien. Sa nouvelle demeure terminée, il y reçut comme il en avait fait son habitude. Les dessins de faïence firent frissonner. La cour se précipita pour se rendre au palais et les voir et en goûta les allusions autant qu'elle en comprit la haine. Pour ceux qui ne connaissaient pas les circonstances et les détails, leur audace et leur grossièreté scandalisèrent. Le roi Pierre ne fut pas content et dit qu'il ne revenait pas à l'homme de prendre la place de la lune dans le ciel nocturne, de Dieu dans l'univers, du monarque dans l'enceinte du tribunal, et de se faire justice par des carreaux de faïence vernissés.

Un homme de trente-sept ans, hagard, les cheveux complètement blanchis, un jour visita les jardins du palais et pleura. Il prétendait s'appeler Afonso et avoir été reclus vingt ans durant chez les Turcs, non loin d'Antalya, dans une forteresse qui donnait sur la mer de Marmara et qui était située près de la ville d'Izmit. On le chassa sans lui faire de mal. Le roi Pierre vint sur les collines, faisant l'honneur de montrer le palais du nouveau marquis de Fronteira au marquis Filippo Corsini et au prince Cosme, qui venaient tous deux de la ville de Florence. C'était durant l'hiver 1669. Le roi leur montra Neptune, dans les buis, brandissant son trident vers le néant. Quelques pas plus loin, il leur montra la nymphe Thétis jaillissant des vagues, tendant vers le néant un plateau rempli des bijoux d'Héphaistos.

Il leur montra un grand Priape de marbre qui plongeait l'extrémité de son sexe robuste dans le néant et l'air.

L'air était plein de chants d'oiseaux. Les volières du marquis de Fronteira contenaient toutes les espèces des oiseaux de la terre.

Les ménageries étaient remplies d'animaux qui ne possédaient pas encore de nom et qui hurlaient.

Dans le plan d'eau le marquis de Fronteira avait fait mettre cinq crocodiles qui croquaient des galions qui avaient la taille d'un enfant et qui voguaient dans le vent du soir, surmontés de petites bougies.

Ils parvinrent à la balustrade quand Cosme de Médicis évoqua une anecdote qui lui avait été contée et qui parlait d'une vengeance d'amour au cours de laquelle un homme avait été émasculé. Le roi Pierre fit une moue, rétorqua qu'on contait beaucoup de choses sans qu'il y eût de raison. Il montra la balustrade de la main et dit au prince Cosme et au marquis Corsini : « L'ombre des fleurs grimpe sur la balustrade mais point les fleurs elles-mêmes. Elles restent à leur pied, dans les pots. L'homme est perdu dans ses désirs comme nos caravelles dans les mondes nouveaux. Comme celui qui rêve est perdu dans son rêve. » Le prince Cosme insista, tendit le doigt en avant, montra un carreau de faïence bleue qui représentait le pubis d'une femme rasé et tatoué. Le roi dit : « Il est possible que les œuvres d'art soient le fruit des vengeances. Un de mes compagnons s'est peut-être vengé malgré l'interdiction que je lui avais faite, sans qu'il désobéît néanmoins à la parole qu'il m'avait donnée. Le désir nous affole tous les jours et sa carence nous abandonne aux ombres. Et il est vrai que les ombres sont bleues. C'est pourquoi je suis venu avec vous jusqu'ici. » Le prince de Florence ne cessait d'insister, encore que le marquis Filippo Corsini percevant l'embarras où son maître plongeait le roi du Portugal s'employât à faire dévier le cours de la conversation sur les essences rares qui composaient le jardin et sur le plumbago en fleurs et les bougainvillées ; le roi rechignait à répondre au prince ; inclinait la tête sur la droite, ou sur la gauche. Ils débouchèrent dans le labyrinthe des Indes. Ils se rendirent à la grotte chinoise. Le roi peu à peu rapportait les récits plus précisément, encore qu'il ôtât certaines aspérités. Il disait : « C'est pourquoi le parc est peuplé d'hommes qui se suicident et de danseurs qui tombent. C'est ainsi que le marquis de Fronteira tira vengeance de la vengeance de Madame d'Oeiras. C'est pourquoi les animaux sur les azulejos ont pris le visage des hommes. C'est pourquoi au coin des fresques, à l'angle de ces murs, on voit des figures accroupies qui relèvent leur jupe et excrètent dans l'ombre. »

DU MÊME AUTEUR

Aux Éditions Gallimard

LE LECTEUR, récit, Gallimard, 1976.

CARUS, roman, Gallimard, 1979.

LES TABLETTES DE BUIS D'APRONENIA
AVITIA, roman, Gallimard, 1984.

LE SALON DU WURTEMBERG, roman, Gallimard, 1986.

LES ESCALIERS DE CHAMBORD, roman, Gallimard,
1989.

TOUS LES MATINS DU MONDE, roman, Gallimard,
1991.

LE SEXE ET L'EFFROI, essai, Gallimard, 1994.

Chez d'autres éditeurs

L'ÊTRE DU BALBUTIEMENT, Mercure de France, 1969.

ALEXANDRA DE LYCOPHRON, Mercure de France,
1971.

LA PAROLE DE LA DÉLIE, Mercure de France, 1974.

MICHEL DEGUY, Seghers, 1975.

ÉCHO, suivi de ÉPISTOLÈ ALEXANDPOY, Le collet de
Buffle, 1975.

SANG, Orange Export Ltd, 1977.

HIEMS, Orange Export Ltd, 1977.

SARX, Maeght, 1977.

LES MOTS DE LA TERRE, DE LA PEUR ET DU SOL, Clivages, 1978.

INTER AERIAS FAGOS, Orange Export Ltd, 1979.

SUR LE DÉFAUT DE LA TERRE, Clivages, 1979.

LE SECRET DU DOMAINE, Éditions de l'Amitié, 1980.

LE VŒU DE SILENCE, Fata Morgana, 1985.

UNE GÊNE TECHNIQUE À L'ÉGARD DES FRAGMENTS, Fata Morgana, 1986.

ETHELRUDE ET WOLFRAMM, Claude Blaizot, 1986.

LA LEÇON DE MUSIQUE, Hachette, 1987.

ALBUCIUS, P.O.L., 1990.

KONG-SOUEN LONG, SUR LE DOIGT QUI MONTRE CELA, Michel Chandeigne, 1990.

LA RAISON, Le Promeneur, 1990.

PETITS TRAITÉS, tomes I à VIII, Maeght Éditeur, 1990.

GEORGES DE LA TOUR, Éditions Flohic, 1991.

LA FRONTIÈRE, Michel Chandeigne, 1992.

LE NOM SUR LE BOUT DE LA LANGUE, P.O.L., 1993.

COLLECTION FOLIO

Impression Bussière à Saint-Amand (Cher),
le 3 mars 1994.
Dépôt légal : mars 1994.
Numéro d'imprimeur : 373.
ISBN 2-07-038804-2./ Imprimé en France.

65479